U0946396

小先生的遊記

楊應彬著

陶行知題

廣東省出版集團
广东人民出版社
·广州·

图书在版编目（CIP）数据

小先生的游记 / 杨应彬著.—广州：广东人民出版社，2012.6
ISBN 978-7-218-07715-4

Ⅰ.①小… Ⅱ.①杨… Ⅲ.①游记—作品集—中国—现代
Ⅳ.①I266.4

中国版本图书馆 CIP 数据核字（2012）第 108142 号

Xiaoxiansheng de youji
小先生的游记 杨应彬 著

出 版 人：金炳亮

特约编辑：杨小村
责任编辑：黎 捷
封面设计：厶 介
绘 画：谁的国插画视觉工作室 weibo.com/whosekingdom
责任技编：周 杰

出版发行：广东人民出版社
地 址：广州市大沙头四马路 10 号（邮政编码：510102）
电 话：（020）83798714（总编室）
传 真：（020）83780199
网 址：http: //www.gdpph.com
印 刷：广州佳达彩印有限公司
书 号：ISBN 978-7-218-07715-4
开 本：787mm × 1092mm 1/32
印 张：4.625 插页：4 字数：50 千
版 次：2012 年 6 月第 1 版 2012 年 6 月第 1 次印刷
定 价：25.00 元

如果发现印装质量问题，影响阅读，请与出版社（020-83795749）联系调换。
售书热线：（020）83791487 83790604

百侯中学师生合影

致陶行知老师的信

陶行知照片

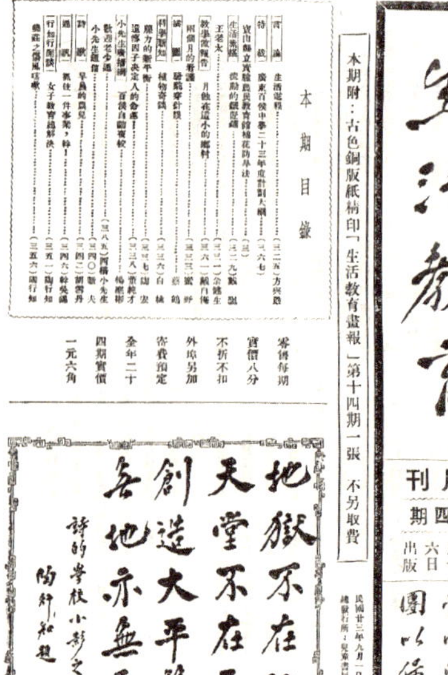

生活教育

半月刊

第十四期

每月一日及十六日出版

工以養生 学以明生 團以保生

民國廿三年九月一日出版

總發行所：兒童書局發店

本期附：古色銅版紙精印「生活教育畫報」第十四期一張 不另取費

本期目錄

零售每期實價八分 不折不扣 外埠另加寄費預定 全年二十四期實價一元六角

地獄不在地
天堂不在天
創造大平等
各地亦無天

詩的學校小影之一

陶行知題

生活教育杂志目录

再版说明

杨应彬未满13岁时写成的《小先生的游记》，于1935年1月在上海出版后，深受读者喜爱。尽管它一度被当局列为“禁书”，但从1936年至1949年期间却再版了12次，几乎是每年再版一次。

这是一本薄薄的书，书里却装满一个未满13岁少年忧国忧民的爱国思绪。书中流露出他对半殖民地、半封建社会制度的无比痛恨，以及对社会平等、共同富裕崇高理想的执着追求。他以一个乡下穷孩子的特殊视角去感受观察繁华的大都市上海，笔尖直指中国20世纪30年代造成贫富对立、劳苦大众生不如死的社会病根。尽管有些认识和分析未免幼稚，但它又何尝不是“少年哀乐过于人，歌泣无端字字真”（龚自珍）的真情表露？

这是作者从广东大埔到上海旅游的所见所闻而写的二十多篇日记，写作的地点是狭窄的亭子间楼梯拐角处，借着楼道昏暗的灯光，在一叠旧日历纸的背页，小作者趴在楼梯上匆忙抄正后，便交给了大教育家陶行知。陶行知先生看后大为感动，非常满意，一字未改，亲笔题写了书名《小先生的游记》，并送上海儿童书局出版。这本游记的思想性和文学性都得到陶行知先生的充分肯定和赞许。

新中国成立后，由于种种原因，这本书没有再版过。为满足广大青少年读者的需要，经作者同意，我们决定再次修订出版。

本书基本以原书文字编排，对原书文字中个别错白处稍作修改，加上注释，并安排一些插图，让年轻读者读起来更生动一些。杨应彬在写作这本书期间遵照陶行知先生嘱咐，还写了一篇《百侯自动夜校》的短文，发表在当年《生活教育》杂志上，也一并收入书中，供读者欣赏。

再版此书是想通过这本小册子，让当代的青少年都懂得“自古英雄出少年”的道理。

让我们牢记陶行知先生“你若小看小孩子，便比小孩还要小”的教诲，一起努力吧！

编　者

目　录

再版序一

12岁的少年写了一本再版12次的书

王晓吟

杨应彬同志是我们尊敬的老前辈，他的散文构思新颖，文笔优美，文中充满了革命之情、人民之情、民族之情，深得广大读者的喜爱。

花城出版社出版了杨应彬的散文《春草集》，书中编者介绍说："他开始创作于30年代，在陶行知先生的鼓励和关怀下，1935年出版了《小先生的游记》。"但是，编者却不曾说明应彬同志写《小先生的游记》时仅仅是一个12岁的少年。12岁的少年写了一本深受少年读者欢迎的书，这可是一件了不起的大事情。

1934年，杨应彬还是广东大埔县百侯中学的初中学生。《小先生的游记》是他从家乡大埔县到上海旅行悲欢的真实记录。他以一个乡下孩子的特殊视角去感受繁华的大都市上海，反映都市里贫富对立的社会生活。该书出版后影响很大，30年代、40年代的中学生几乎都知道有一本叫做《小先生的游记》的书。这书一版再版一直远销到香港、新加坡、南洋，一共再版了12次，我70多岁的父亲曾经告诉我，他在东莞中学念书时老师也在课堂上向同学们推荐过这本书。

对于一个从来没有去过上海的人，“上海”是一个多么诱人的字眼，是一个令人怦然心动的地方。然而从山沟沟里出来的孩子杨应彬却用十分清醒、冷静的笔触揭示出迷人的上海是富人的天堂、穷人的地狱，是一个只认衣衫不认人的金钱社会。高大的洋房，风驰电掣的车辆，西餐大菜都属于有钱人。富人们整天享乐、逛公园、看电影、上舞厅、找女人、打麻将……

穷人只能住在昏暗拥挤的阁楼上过着囹圄般的生活。更穷的人则睡在街上，“忍受着冷风的吹打，白雪的凌括”。“境况最差的人在菜市场卖粥的地方吃一种‘三色饭送一勺汤’的东西，有时候袋子里‘空空如也’，那你只好对那三色饭流涎了。你想去讨点东西吧？谁给你。”

“讲到衣服，更令你难堪。在大公司的镜柜中，在布匹庄的陈列柜中，布满了五光十色的布，时髦男女进去出来，进去的手里挟着光滑的皮夹子，出来时手里挟着美丽的布匹，你有这种能力吗？你能穿的，只是东补一块、西添一块的斑斑驳驳的衣服。”

“在行的方面，更是很明显，很清晰地把上海分成了两个阶级，有钱的人可以坐黄包车，可以坐汽车，可以坐电车。贫穷者只好用你的一双脚去跑了。”

小作者细致入微地观察了富人和穷人在衣食住行上的悬殊差别之后说，“唉，真是朱门酒肉臭，路有饿死人”。

使我惊异的是聪明的小作者能够透过现象看本质，看到上海的繁荣与帝国主义对华侵略的关系。他看到黄浦江边巍然高耸的楼房时说：“这种洋房，要谁才能住呢？什么人都能够住吗？不，不能的。现在的中国，能够达到这种地步的时候，那就好了呢！这种洋房，都表示出中国受外人的经济侵略已经是根深蒂固，不动摇的了。他们在中国设立了许多银行，用这银行，把中国的金钱吮吸去，做他们武力侵略的利器。”

“现在上海所有繁华、幽穆的街道，哪一条不是外国人的租界？什么六大马路啰！什么爱多亚路啰！什么霞飞路啰！什么法大马路啰！什么静安寺路啰！……或繁华或僻静的街道，哪个不为外人所据？唉！上海的繁华，实在因为充满了外人呵！”小作者的成熟，老练敏锐的洞察力，远远超过他同龄的少年。

在一个网球场上，有几个黄毛绿眼的英国人在打网球，他们雇请了几个中国孩子替他们捡球。其中一个中国小孩扔球时用力过猛，将球扔到了英国人身后很远的地方。那个英国人走过来就给他一个耳光。“那小孩给他打了耳光，非但不哭，并且还表示着道歉的样子，向他求宽宥。”小作者心里很难过。“他所以不敢哭的原因，我知道了，这是因为他要保全他每天的收入呀！假如他要哭，那末黄毛绿眼睛的英国人就不要他了。他的收入虽只几个铜子，但是买大饼吃却能过一餐呵！他一哭不是将他的收入抛掉了吗？”小作者生动具体地点出中国孩子为了谋生只能屈服在外国人淫威下的事实。

小作者在上海看到《申报》上两条消息。一是丝价狂跌，三家工厂倒闭，1300名工人失业。二是上海半年进口游戏品57万元。小作者指出，从这两条消息可以看出上海金融正受到重大的打击，而农村的经济一天天破产了。国难当头，在“提倡国货”的口号声中，居然还有人不忘游戏，进口游戏品，还掩人耳目地说什么“报国不忘娱乐”，“娱乐报国”，真是荒谬绝伦！

小作者到上海后还专程去凭吊十九路军淞沪抗战的遗址。当时距十九路军抗战已有两年了，十九路军多是我们广东人。为了支援十九路军抗战，全国人民的声援募捐活动一直深入到穷乡僻壤中。小应彬远在大埔的百侯中学也非常仰慕这些为国牺牲、流血的抗战英雄，他到了布满颓垣废瓦的战地凭吊英灵并写下诗句赞扬他们宁为玉碎不为瓦全的爱国主义精神。诗中有这样的句子：“吁嗟呼，诸同志！你今死，为何死？阴魂当记雪国耻！”

应彬在上海时正值国产进步电影《渔光曲》在上海轰动一时，创造了一演数十天票房高居不下的记录。应彬也去看了这部影片，看后他记下了观感。他说：

"这出戏是完全描写贫苦的人受资产阶级的压迫和榨取的痛苦，天天在吃血虫——资产阶级——的吮吸之下，过着牛马生活，弄到家破人亡的。"这段话出自大人之口没有什么奇怪的，但出自一个12岁的孩子的口，却十分令人惊异。

常言道，环境创造人。生活在外患内战的30年代，特别使人早熟，贫困艰难的生活使12岁的杨应彬敏锐地体会到社会的不公和阶级的对立。当时陶行知的学生程今吾到了应彬的家乡百侯中学任教并当上他的班主任，程今吾对他的启蒙和新式教育更使他的认识从感性上升到理性，给了他阶级分析法的锐利思想武器来剖析社会。

程今吾老师解放后曾任北京师范大学党委书记，"文革"中受到"四人帮"的迫害而死。大埔县在大革命时期和土地革命时期曾受到革命的熏陶和影响，有较好的群众基础。程今吾等老师到百侯中学后贯彻陶行知先生"生活教育"的方针，革新学校教育，传播进步思想，进行启发式教学，提倡陶行知的小先生制。让学生互教互学，既活跃了学习气氛，还养成自学的习惯。在他的循循善诱下，《毁灭》、《铁流》、《士敏土》、《资本论大纲》、《唯物辩证法入门》等大部头的书都成为这些中学生的精神食粮。

程今吾老师还要求每个学生每日写一篇日记，日记中不准记流水账，一事一记，让学生学会观察社会，分析事物，将一天中感受最深的东西以及读书看报的感想记下来，鼓励学生自由结社出版墙报，对培养青少年独立观察社会的能力、写作能力具有积极的作用。

在程今吾老师的培养教育下，杨应彬分析问题的能力和写作能力大大提高。

当身穿小背心，小短裤，浑身被晒得黑黝黝的杨应彬来到上海见到著名教育家陶行知时，陶行知立即喜欢上这个从农村出来的广东孩子。他拍着他健康的肩膀说："穷孩子的阳光比少爷小姐的鱼肝油、维他命更有益处。"

当他知道这个孩子离开家后打着赤脚走了五十里山路才乘到船；船在海上遇到了台风，经过六天六夜的颠簸、与风浪搏斗后才到了上海，他大为感动，要杨应彬赶快将他的经历写出来。杨应彬在陶行知的鼓励下，趴在上海暂住的亭子间楼梯的拐弯处，将他到上海的艰难经历写了下来。陶行知先生亲自为他阅看书稿，他对稿子表示满意，未作修改，亲笔题写了书名《小先生的游记》，便将稿子送给了上海儿童书局。半年后，书出版了，杨应彬拿到了五十块光洋的稿费。他可是第一次见到这么多的钱呀，对于他的贫困家庭这是一笔雪中送炭的大数目，这笔钱救了他一家的命。

国民党文网森严的书报检查制度是不允许书籍中出现“阶级”、“阶级斗争”字句的。《小先生的游记》中因为有这一类的字句而罹难，曾经一度被查禁。

“文化大革命”中，应彬同志又因为这本书成为“反共教育家陶行知徒子徒孙”而横遭批判。

五十六年风雨终于过去，回过头来再看这本文情并茂的小书，可以称得上是我国儿童文学创作史上的一朵奇葩。它在30、40年代曾经激发过少年读者追求光明、创造新世界的热情，令他们终生难忘。在改革开放的新时代里，我认为这本书对新一代的少年儿童亦有教育的作用，它会有助于青少年认识过去，树立起正确的人生目标。我认为这本书应当再次出版，介绍给新一代的少年读者。

有的人在黑暗中摸索了很久才找到了光明。应彬同志很幸运，他从少年时代就得到了良师的指引，在正确思想的指引下走上了革命的道路。

（原载1991年1月28日《广州日报》）

王晓吟，女，广东东莞虎门人。1967年从广州中山大学历史系毕业，后在斗门县灯笼部队农场种过水稻，在海南岛做了七年教师。后回到母校中山大学教书十年，之后曾任岭南美术出版社社长，广东省委宣传部文艺处处长，现已退休。

再版序二

少年哀乐过于人

邱汉章

早就听说杨应彬同志十二岁时就写了一本叫《小先生的游记》的书，但一直未有机会拜读。今天在百侯中学，终于读到了这本书。说实在的，初时是慕杨应彬同志之名而翻阅的，但很快地，这本书就像磁铁一样吸引着我，以致一口气读完了。

掩卷沉思，我脑海里仿佛展现出上个世纪三四十年代的苦难岁月……“路正长，夜也正长”，夜幕笼罩着神州大地，笼罩着人们的心灵；“嘒彼小星，三五在东”，微弱的星光下，十二岁少年单薄的身影在刺骨的寒风中步行……

这是一本薄薄的书，薄薄的书里却装满了一个十二岁少年的沉重的忧思，忧思中流溢出了强烈的理想和执着的追求。“自古英雄出少年”，在家乡人的心目中，杨应彬同志是一个英雄；在我看来，杨应彬同志十二岁写出这本书来，是一个少年英雄。

“宝剑锋从磨砺出”，崎岖的山路，凛冽的寒风，更兼漆黑的夜晚，还有冰冷似铁的课桌，磨砺出一个少年追求美好生活的炽热滚烫的心，磨砺出一个“身无分文，忧国忧民”的少年英雄。一时间，我脑海里一行行地滚动着这本薄薄的书里的字幕……

“……只有池塘中的蛙鼓，石缝里、泥土中的蟋蟀声，及偶然从远处传来的几声犬吠声，在这岑寂的天空中回荡着，公安局门口的一盏汽灯，在晨风拂拂中发着抖。”凌晨两三点钟，潘一尘先生要起程到上海去了，杨应彬点着灯，到外面井边挑水给潘先生洗脸。一个十二岁的少年，勾画出如此真实的画面，叫我不能不从心底里发出几声赞叹：“写得好!”蛙声、蟋蟀声、犬吠声，一声声垫托出凌晨两三点的静夜——这是叫人害怕的出奇的静；“一盏汽灯，在晨风拂拂中发着抖”，这一盏汽灯“发着抖”，写出凌晨的夜是那样黑，凌晨的风是那样冷。这时，我不觉得汽灯在“发着抖”，而是十二岁少年在“发着抖”——穿着单薄衣衫的身子在发抖、稚嫩的心灵在发抖。读着，读着，我的身子、我的心灵也仿佛在颤抖。“……天还没有亮，只有几颗星儿们，在发泻着它残弱的光辉；所以前面尽是一片黑暗，大地完全在黑暗的包围中。”在这令人“发抖”的寒冷的黑夜，杨应彬跟潘一尘先生起程到上海去。第一次出远门，世事惨淡，前途渺茫，一个十二岁的山沟里的穷孩子，心里装着什么呢？除了一个“愁”字，还能有什么呢？“惭愧得很，连一双鞋都没有”，“只带了一枝自来水笔，十多页的日历纸……真是光棍！……光棍！”作者上船后，无限悲伤侵袭心头：“独自倚船樯，无限悲伤；别去爷娘背井乡。”

“别去爷娘背井乡。”这“爷娘”是少年杨应彬最为牵挂的。那时，杨应彬系百侯中学初二学生，母亲与当时许多客家妇女一样，是靠一枝扁担挑起全家生活的。“高陂距离我的家乡有五十里之遥”，公路是没有的，都是崎岖的山路，母亲挑七八十斤的东西，跑几十里山路，才赚得七八毛钱养家活口。母亲长年累月靠挑担养家活口和供养子女上学，十分辛苦，挑担为生之艰难，现在的人是无法想象的，少年杨应彬对此有着铭心刻骨般的记忆。就这样，少年杨应彬带着一种说不清的希望，走过五十里崎岖山路，走出山门，又在船上经受飓风的洗礼和考验，来到“富人的天堂，穷人的地狱”的大上海，可谓“万苦千难中挣扎出来的。”

痛苦的磨难，没有磨灭少年的意志，反而磨砺出少年的思想锋芒。十二岁的杨应彬穿着一件背心、一条裤子，带了一枝自来水笔和十多页过期的日历纸，跟着潘一尘先生从百侯中学起程到了上海。在上海，杨应彬见到了陶行知先生。陶先生看到他亲自指导推行生活教育的百侯中学学生，十分高兴。当他看到杨应彬被太阳晒得通身黝黑时，亲热地称杨应彬为“小黑炭”；当他听了杨应彬讲述从百侯中学起程到上海的“万苦千难中挣扎出来”的经过后，鼓励杨应彬把“万苦千难中挣扎出来”经历和到上海的感想写出来。于是，杨应彬在“亭子间旁一座木楼梯转角处”，写成了这本赴上海的日记，并送到陶行知先生手中。陶先生看了书稿，非常满意，一字不改，亲笔题写了书名：

《小先生的游记》。这本书的序言还是朱泽甫老师的弟弟朱一明写的，当年陶先生派潘一尘、程今吾、程本海、唐文粹、朱泽甫、钱寒康等10多人到侯中推行生活教育，朱泽甫老师先来过侯中，后来到大埔县的大麻中学去推行生活教育。1935年，《小先生的游记》由上海儿童书局出版，并在解放前再版了十二次。1935年秋，杨应彬在上海参加“左翼教联”和山海工学团，任儿童部负责人。作为陶行知先生亲手培养的学生，杨应彬从上海“起程”，走上了漫长的革命征程。

沉思良久，我忽然想到清代诗人龚自珍的诗句：“少年哀乐过于人，歌泣无端字字真。”这本书的字字句句是那么“真”，“真”得扣人心弦；十二岁的杨应彬“少年哀乐过于人”的身影跃然纸上……在上个世纪三四十年代，假如没有陶行知先生派潘一尘先生等一批老师来到崇山峻岭的大埔县，来到百侯中学；假如没有潘一尘、程今吾等老师的帮助，一个山沟里的穷孩子会怎么样呢？杨应彬同志在《良师·益友·楷模》这篇文章里说：“原北京师范大学党委书记程今吾

(洁声）同志毕生致力于教育事业，并曾一九三三年至一九三四年间在大埔百侯中学任教”；“今吾同志担任了我们第一届的班主任”；“由于交通闭塞，绝大多数青少年对山乡以外的情况茫无所知。……这批搞‘生活教育’的老师一到百侯，立即使山乡沸腾起来，一切都非常新颖”；“我是程今吾同志的学生，自从一九三三年受到他的直接教育以来，至今已近半个世纪。他是我走上革命道路的启蒙教师，他的风范和革命精神，一直铭刻在我的心头。”杨应彬是一个苦孩子，但又是一个幸运的孩子，幸运的是他遇上了陶行知先生派潘一尘、程今吾等一批老师来到百侯中学推行生活教育的机会，幸运的是他遇上了爱才、识才又特别关心苦孩子的陶行知先生。可见，杨应彬是当年百侯中学推行生活教育培养出来的“小先生”，这也是陶行知先生亲笔题写了书名“小先生的游记”的缘由。杨应彬作为陶行知先生亲手培养的学生，没有辜负陶行知先生的厚望，在几十年的革命历程中，时时处处以陶为师，是学陶师陶的典范。陶行知先生在为百侯中学谱写的校歌中，称赞百侯中学的教育是“千教万教教人求真，千学万学学做真人”。在今日侯中陶子们心目中，杨应彬是“求真”和“做真人”的楷模。

杨应彬同志说过：侯中，是一所具有光荣革命历史传统和素有良好教风、学风、校风的学校；侯中曾得到了伟大的教育家陶行知先生的亲自指导推行生活教育运动，“是一个富矿”。是啊！侯中的确是一个“富矿”，而这本《小先生的游记》不正是富矿里的一块极为珍贵的矿石么？

（原载《生活教育》杂志 2007 年第 10 期）

邱汉章，广东大埔百侯人，高级教师、大埔县教育局干部。曾任教于大埔百侯中学、虎山中学，大埔陶行知研究会常务理事。自幼爱好文学，发表文章 300 余篇、诗词 500 多首。2003 年与罗维猛合作出版系统性的教育理论专著《客家人文教育》。

序

朱一民[①]

我同杨应彬君本是不认识，后来由我的哥哥——朱泽甫[②]先生介绍，才认识了他。杨君是广东省大埔县人，现在百侯中学求学。

这是杨君这次由广东到上海来的旅行之日记。他著成功后，叫我作篇序。我从头至尾看过了一遍之后，闭目一想只见有几个有钱的阔佬们，在某某大饭馆正吃着大菜，又有几个无家可归的人们，可怜身上只披了一条破布，没精打采地向前走，这真是所谓“朱门酒肉臭，路有冻死人。”又见着几个外国人，在那里打网球，旁边站着几个中国的小孩子给他们拾球。

朋友，亲爱的朋友，现在我们想想看，为什么有些人吃的是好的？为什么中国人给外国人拾球呢？为什么?…… 这种种问题，都希望读者去研究。

中华民国二十三年八月十五日于上海

自 序

在7月17日的那天，我和潘先生[③]，动程了。实在，这次来沪，是出乎我意料之外的，那天清晨二点钟时，我还在百侯，可是那天下午四点许，已在汕头的某旅馆住了。唉！环境的变迁，真是比什么都还要快呢！

在船上遇见了飓风，整整地过了六天六晚才到上海。我这次到上海真是在万苦千难中，挣扎出来的。

我写这本小册子的原因，也是偶然产生的。当到了上海之第二天，便同潘先生等五个人，到商务印书馆去，于是我认识了交际博士黄警顽[④]先生，他便叫我写这个东西。我才到这里一天，要写一篇洋洋数万语的轰轰烈烈的文章，当然是万不可能的，不过只能够写数千言的一篇平常的报告而已。

4

后来我在朱泽甫先生那边住了。每当暇时，便独自到各街道去走一走；所得的事情，当然不正确，不过愿各位原谅。

一九三四年八月十五日杨应彬

于红庙工学团神像面前

5

第一部　路上

七月十七日

由家乡到汕头

潘先生在近天来，常常说："来去，陪我到上海去！"我看他带着开玩笑的样子对我说，于是我也开玩笑似的对他说："好，去！到上海去！"

他说在今天清晨要去，我是不能不送他啰！于是昨晚就睡在大宗[5]（和潘先生在一起）。

嘈杂声，把我从梦里吵了醒来，潘先生已在整理着零星的东西，预备要走了，我不能不起来了，这时候才两点多钟，昨夜又十一点才睡，当然是疲惫不堪，

6

所以只会坐在床边叩头点瓜。

后来，因为潘先生要洗脸，没有水，于是我同兆京君[6]帮忙，我点着灯火他挑了两只水桶到大宗门口的井边去挑水。这时候，只有池塘中的蛙鼓，石缝里、泥土中的蟋蟀声，及偶然从远处传来的几声犬吠声，在这岑寂的天空中回荡着，公安局门口的一盏汽灯，在晨风拂拂中发着抖。

“真的，来去！到上海去！哼哼哼！”他又是一句开玩笑的话。我所以会说他叫我到上海去是开玩笑的，有两个理由：一是上海和我并不关重要，假如有事要到上海去，还可以说，现在半点事都没有，去做什么呢？二是听他的“哼哼哼”差不多他和我说的关于去上海的话里，十句中有七八句。所以我决定他是开玩笑，这也是一个缘故。“上海”是多么入耳的两个字，她是世界六个大商埠之一，许多人渴念上海，比什么都要厉害。有的差不多由羡慕而变为忌妒了：“只恨自己的命运不好，不能到上海去。”

的确上海有必去的需要。上海有雄伟的高大的洋房，有风驰电掣的车辆，有五光十色的灯火。上海，上海是多么迷人啊！可是我真的要去的话，什么东西都没有，怎样去呢？——惭愧得很，连一双鞋都没有。——哈哈哈！潘先生不过开玩笑而已。

时间已是两点三四十分了，在三点钟就要送潘先生去，潘先生去，是关系于我们学校很大的；于是这时候个个人的心情都很紧张。

“来去，应彬！真的来去。怕什么？顶多一个多月就要回来的！”潘先生又这样地催我。“不怕，去呀！有什么好怕头呢？”禄生⑦先生亦这样的鼓励着叫我去，我要怎样才好呢？上海在世界上是占有地位的，既繁华，更有许多是我见所未见闻所未闻的事。有赫赫有名的全国第一大的三个大公司，怎么不去尝试尝试呢？十九路军抗战时，留下的许多兽人蹂躏过的痕迹，为什么不去凭吊呢？我想到这里，便决定要去了，差不多要向他说一声“好！”可是回头一想什么东西都没有，光棍一样的我怎样去呢？家里一个人都不知道，他们不会疑我失踪？不要说家庭里的人，就是同学，

8

除了兆京君一人知道外，便再也没有知道的人了，怎样过得去？况且假期工作计划中有许多事情是要在家乡做的，假如到了上海，不能做，缴不出怎么办呢？想到这里，我的勇气冷了半截，于是便又决定不去了。

潘先生见我踌躇着彷徨着，于是又问了一句：“去不去？”质问犯人似的，我一时很着急，脑际里只有一句话：“这机会是罕有的！”于是我坚决地回答一声“去！”我在匆忙间拿了一点东西。我在学校里，既无一套衣服，又无一双鞋，所以只带了一枝自来水笔，十多页的日历纸（这纸是预备写日记纲要的），连身上的衣服，共有四件，真是光棍！……光棍！

他叫我吃点绿豆粥以免在高陵路上肚子饿。我走到厨房里，紧张的情绪，使我发起抖来。一方面是清晨的冷，但大半是为了情绪紧张，等一下就要离开学校，离开家庭，离开许多人，情绪怎么不紧张呢？绿豆粥只吃了数口，便再也吃不下了。然后向着这晨雾弥漫的高陵路上进发了，情绪仍紧张着。

走的时候，有禄生先生及威烈⑧、燕明⑨、兆京三

君送行一里之遥，到了池屋贯[10]时，他们才分别而去。

一路上三人（一是公安局请来的警察，一是潘先生，一是我），摸索着走路。因为那时候天还没有亮，只有几颗星儿们，在发泻着它残弱的光辉；所以前面尽是一片黑暗，大地完全在黑暗的包围中。那位警兵有一支电筒，不时地亮着，当它亮时，我们走路是无妨的，可是当它一熄时，我们就前后踯躅了。因为那边所有的都是崎岖的羊肠小道，假如你一个不当心，就叫你一个筋斗，翻下山谷中去。唉！走这种路的人，真辛苦啊！真难为一般肩挑七八十斤以上的人们天天地走！他们（尤其是她们），为了生计的窘迫，拿性命来拼，虽然每天都能得到一点报酬费，然而都是很低微的。报酬费每十斤才一毛钱，挑七八十斤，不是七八毛吗？可是有七八十斤的东西天天来给苦人们挑还好；有的时候就是没有半点儿东西可挑，于是有一点儿东西就有几十个人我争你夺地要挑了。后来他们想出了一个办法，就是“论房[11]”。你几房，那你只能挑自己一房人的东西。那没有东西挑的人，只好在等船；

有的是空着双手回来。试问这些空手回来的人，有钱吗？当然是没有钱的。至于那些等船的呢，有的一天、两天、三天、四天、五天、六天……一直等下去，以至半个多月还没有东西挑的。唉！这种生活是多么的凄惨？有的在高陂等得焦急了，便只有哭。我想到这里，又回忆到五六年前的事去了：

在一个六月天的清晨，母亲同嫂嫂等，向高陂[12]去了。她这么早去的原因，是因为水客[13]在今天到高陂，她们早去，想挑了东西当日就回来（高陂距离我的家乡有五十里之遥）。可是走到后，水客没到。想一想，只隔着五十里，消息就这样的不正确，其交通之阻塞，可想而知了。

她不能回来了，于第三天的上午，有人说某某水客回到高陂了，我一听，非常高兴，想母亲一定有行李可挑，不致再挑那个脚钱低贱到极点的商店里的布匹杂物了。可是当红日将颓，云霞满布时，就眼巴巴地望着，直到日落西山，霞散月出时，还不见她们回来。我当时虽然很疑惑，但还在自慰，以为她们一定是挑得很重，并且早上启程得迟，以致红日西沉暮霭苍茫之时还不曾到家。

慢慢地月出东山已丈余，已是晚上八点钟左右的时候了，可是还不曾见到她的影儿。于是我的希望，顿成了泡影昙花。我的童心，被这失望打击着，针刺一样的痛着，使我哇哇地哭了起来。这次她的回，使我的脑子里印了永久不灭的痕迹。我每想起了它，使使我惆怅。

于是“要生存必须竞争”的口号，也盛行在乡村中了。

我们摸索着黑路，直到离家二三十里了，天上才揭去灰色的一层，露出光明来了。诚然是“黑暗是光明的先生”，于是我们走路才比较便当。

当我们走过几家屋子的时候，几只恶犬，便风驰电掣地追过来，我们都很害怕；幸喜那屋主，知道自己的犬不大驯服，于是听了犬声就出来喝住。有的犬是一喝就不追赶了，可是有几只犬，就是主人来喝住，它也不管，只顾追，拼命来追。有的竟追上一里多路。

嗄！真凶极了。

我们走到太阳出时，已走上公路了。这段公路，是由高陂到百侯的，故名之曰“陂侯路”，不过因为没有筑完，所以我们走了二三十里才走到。我看了这段公路，吁嗟地叹着气。唉！那边的公路，还没有完竣，就已崩溃得难堪，请大家想一想，还没有筑完，就已坏，还想走什么车吗？在名义上是说供挑担的人好走；然而当这山洪暴发时，滑得不得了，哪里敢大意的走呢！这样岂不是还没有给穷人以福利，而先给穷人以害？白白的将乡民的血汗之花，糟蹋了。唉！……作恶啊！

我只穿了一件背心，和一条短裤，所以太阳出来，我就辛苦了。紧紧地跟在背后，火烙般地焙炙着的那赤帝，它哪里管得你辛苦与否？它尽量地倚靠着它的光芒杀人。并且把田园晒得开裂，禾稻都死了。

一路上我很紧张，且又很急。母亲今天是要回来的，在路上碰见了她怎么办？碰见了她要怎样对她说呢？她不肯的时候，我又怎样办呢？不见她，全家人都不知道，怎样办？她们不会疑我失踪么？

走到高陂附近了，前面来了五六个挑担的女人，忽然有一个咳了一声嗽，声音和态度都像母亲。于是我提起了嗓子高叫一声：“阿姆！”照从前的例子来说，每当我叫她时，她听到我的声音，便会答应一声的；可是这次不然，我叫了一声后并不听到回答。我想大概她以为不是我吧！——我怎么会走到这儿来呢？——可是行前一看哪里是她！我真羞得无地自容，恨不得藏进地洞中去。又不知她——我叫错的妇人——听到了否？唉！真是难过。

又跑了六七里路，前面又来了五六个妇人，可是这次不敢叫了。假如又不是她的话，那更会羞得无地自容。于是只得再走前去看一看。

她们五个人（一个是婆婆，两个是嫂嫂，一个是伯母，一个便是她——母亲），是昨天替潘先生挑东西出来的，因此个个都认识潘先生。当我们走前去时，第一个便嚷道：“潘先生！”后面四个也随即叫了几声。我因在潘先生背后，所以她们不得知，我第一个

看见的是嫂嫂，便大声地叫了一下：“暖嫂!”她呆然良久，说道：“我道是谁，原来是你老哥伯呵!”接着我招呼了以后四人，并说明去上海一事，她们无不称“好!”母亲又去筹了八毛钱给我做零用，我也不客气，收了下来。直到她们的后影冉冉地消失了，我才掉过头来，向高陂镇走去，真是“她的血汗，我的逍遥”呵！这一别安知何日重见期?

在船上坐四五个钟头，便安抵潮州了。给挑脚敲了一下竹杠，便上了岸。码头到意溪车站，只不过五十来步路，却给他们敲去了九毛钱。

在车站里坐了半个多钟头，便见远远的一条龙也似的东西，在两条长铁并成，中间加石条木头的铁轨上奔来。呵！火车来了。火车原来是一条铁木合成的东西啊！我全然不知道。记得去年下半年，虽然也到过潮安念书，可是都因事情繁忙，不得空，并且一个人，又不懂得潮安话，所以没有去看看；今日看见，真所谓“三生有幸”矣！车已到，人物都已纷纷上车，我当然亦是其中的一个。

上了车，不一会“呯碰！呯碰！呯碰！”地响了起来，我知道将要……方想到这里，“突”的一声，把我吓了一跳。这是当然会使我惊惶不定的。虽然我听许多人说：“车将开，必后退。”可是因为没有亲身经过，以致受无谓的虚惊。这真是伪知识呢！

车“呯碰！呯碰！呯碰！……”的开行起来，我的视线中的车厢外景物，不住的往后倒。我看得好看，便站了起来，见那车厢外的景物，简直还没有看清，就向后退了。总之，是快极了。

车，很快地已由意溪到了潮安的乡下，两旁的田地上有许多人因天旱而在踏水车，灌水进田里。有许多小孩子还可以过得去，可是还有许多小孩子是赤条条一丝不挂，在那儿坐着站着。你看见了当然会说他“野蛮”。他野蛮是野蛮，可是你不去推究其野蛮的道理吗？我们试想想，假如他的家境很富裕，有穿，有吃，一切都不用动手便会来，这时候，他会故意在荒凉的田野上，潺潺的水车旁吗？会故意装呆，在这夏日炎炎的太阳下面，受着蒸晒吗？我又要说老话了，

总是金钱在里面作弄。唉！金钱！……钱！虽然我们可以不叫你为“金钱万能”，然而就不能叫你为“金钱万恶”吗？

车，这迅速的车，在潮汕铁路的沿途，一站一站的过去，每到站的附近，你总可以看见许多小孩子，一手托住了一个盖子，上面大概盛了些荔枝、梨、凤梨等东西，看看车走得稍慢一点了，遂一手托盖子，一手攀住了上车时的钢梗，一跃而上；下车时将盖子放在车厢的边沿，先将身子跳下，然后追赶上去，拿车上的东西。嗄！这种事情，可真是危险万分，假如一不留心，滑过了踏板，掉进那大车轮的下面去，岂不是一命呜呼吗？假如跳下来时，追不上车，岂不是将东西弃掉了？唉！我看了这种危险的情形，真替他们担忧，他们为了帮助家庭的负担，而拿性命去拼，真是……嗄！

到了汕头，车刚一停便起了一阵喧哗的叫声：“同信昌！”“广和昌！”“广顺昌！”“新新栈！”等等地叫着自己的店号，同时手中扬出自己所叫的字样，我才知道是替自己店里招生意的。哈哈！真热闹。

汕头，在广东省里是个很有名的商埠，里面的情形，因为我只在那儿住了一晚，所以不大明了。不过“不在外人势力范围以外!”这句话我是敢肯定地说的。

23

十八日至二十三日

船　　中

在万人拥挤中下了船，那时，天色是晴朗的，海风吹刮着，令人深感着凉快。

四点钟了，只听得一片锣声喧天，汽笛不住地鸣，象征出是要开船了。在未开船的一刹那，真的，已经把整个社会里普遍的几种情形描写出来了。你可以看见茶房们的凶猛；你可以看见从岸上下来卖席、卖扇的，和借卖席、卖扇为名，而来盗取人家的东西的；你可以看见小贩们的“大称称入，小称称出”；你可以看见少爷小姐们，因事求到茶房，受茶房敲竹杠的。总之在这最短最短的一刹那，已把社会的内幕完全揭露了。在一般人不知道都市的腐败以前，以为都市是一般人的天堂，而不知实为穷人的地狱呵！

船，慢慢的有点儿动了，可是那些扒子手还不肯

退去，还在那边“呵！相公买扇子呀！买席吗？好凉快呵”地叫着，说时装出鬼脸来。这种人的装束，就有些刁诈，他们的面貌更不用说是奸刁啰！两只眼睛在一方面叫时，一方面四顾，看看有没有较易取的东西，看看有没有人在注意到东西。总之，一身刁诈就是了。

那些茶房看见了他们还不肯下去，于是用凶猛的手段来了，打、骂、推做出种种驱逐的行动。

船，渐渐地驶出了群山环抱的海口，前面是一片茫茫的阔水。远远的几只渔船，在岛的附近蠕动着，在这苍茫的阔海上蠕动着。

出口的时候那种天色完全变了，慢慢地由晴而转为阴了，尤其是我们的船所向的方向是浓云满布，看看大雨将要临头了。于是个个人的情色都非常紧张。

船也因外面的风浪大，一高一低，摇摇不定，我只吃了一碗饭，便再也吃不下去了，于是呼呼地进入了梦乡。一阵阵的雨向我打来，我只以被向头上盖；可是一条毡子，一张帆布床，都已湿透了，不能睡，只得爬起来。啊，天已黑了，潘先生到哪里去了？虽然有一盏电灯，可是能够看得清楚吗？唉！天呀！我真懊悔不该来了。“应彬，这儿来！”潘先生也因风浪大，睡进被窝中去了，所以我看不见，他见我这么的慌张，所以叫起我来。我也不管得三七二十一，一个翻身，便转到他的身边去。他那边的帆布床也已盛满了半床水，我在沐浴了。

一片叫苦的声音，煞是难听，可是天还不肯宽宥他们（尤其是一般少爷小姐），雨仍旧紧紧地迫着，不住地下。嗄！这时候，真的插翅也难飞了。在哭叫的声音中，又杂着“咿！……呵！”的呕吐声。唉！真可怜呵！

这一夜，便在这风、雨、雷、电中度过去了。

第二天，又是海浪滔天。这时候，我真懊悔不该来了。假如船覆，还有什么希望？何时可到得上海呢？

十九日的那天清晨七八点钟，船已停在厦门的小港中，我非常欢喜，以为可到厦门去玩一个痛快了；可是那倒霉的船主偏不驶近岸去，只在距离厦门五六

十丈的地方停下了，使我们看见了厦门与鼓浪屿，而不能去玩。

船在那儿停了一天一夜，我触动了乡愁做了一首词[14]：

碧海阔茫茫，
白浪飞扬；
海鸥常现波涛上。
夜间飓风呼噪急，
令人惊惶。
独自倚船樯，
无限悲伤；
别去爷娘背井乡。
望着苍茫无涯海，
悲涌愁肠。

在船上，整整地过了六天六晚，才到上海。这时候，我想起了船上的一切情形，不禁毛发直竖。

在船上的时候，嗄！船便变成了赌场烟坊，那“里里！拉拉！”的麻将声，真是难听。呵！那烟，更令人难过呵！什么纸烟、旱烟、鸦片烟，种种难闻的气味，充满了整个船舱。那打风浪的味道，比起这种难听难嗅的声音味道来，却真真要好得多呢！

二十三日 抵沪

船，慢慢地进港了。我看了进港时的情形，不觉呆然了。在书本上不是告诉我们吗？我国的船，到了外国，须受外人很严厉的检查。有病的人，不能上岸，就是没有病的，也须打过预防针。这自然是很好啰！可是我们中国的关口，为什么不能够像他国那样的检查呢？难道中国人的性命不值钱吗？为什么中国的海关不管似的呢？啊！原来中国的海关后面，有一后台老板在指挥着呵！并且有一次的条约上，有“海关要请外人来做顾问、职员”这一条。这一条到现在有没有实行呢？唉！早已实行了。唉！这使人多么痛心呵！

我们的船进吴淞江口时，沿江两岸在淞沪战争[15]时炮打的洞，都很深的印在我的脑子里。啊！这被兽人蹂躏过的陈迹！吴淞炮台的被毁，是多么可耻的事！唉！

……

上了岸，乘了亚洲饭店来接客的车驶去。在车上走马看花，当然是看不清楚；可是那巍然高耸于黄浦江边的崭新的洋房，却很令我羡慕的。这伟大雄壮的建筑物，是多么高贵！然而这种洋房，要谁才能住呢？什么人都能够住吗？不，不能的。现在的中国，能够达到这种地步的时候，那就好了呢！这种洋房，都表示出中国受外人的经济侵略已经是根深蒂固，不动摇的了。他们在中国设立了许多银行，用这银行，把中国的金钱吮吸去，做他们武力侵略的利器。

我们只要看一下子，现在上海所有繁华、幽穆的街道，哪一条不是外国人的租界？什么六大马路啰！什么爱多亚路啰！什么霞飞路啰！什么法大马路啰！什么静安寺路啰！……或繁华或僻静的街道，哪个不为外人所据？唉！上海的繁华，实在因为充满了外人呵！于是外人的侵略，一天天地扩充了。

第二部　在上海

二十三日
在二十三日晚受到的刺激

到上海的那晚，便到热闹的街上去走了一下。后来，又决定到南京戏院去看电影，可是，碰了一个大大的钉子。当我们三个人，走进了南京戏院时，该院的收票人，看见我只穿了一件背心，说我不能进去。

“为什么他不能进去呢？”潘先生见他不许我进去，这样的反问他——一个十五六岁收票的孩子。

“没有衣服，不能进去！”他见潘先生反问他，很神气地这样说。

“没有衣服不能进去？他现在不是穿着衣服吗?”

“没有袖子的衣服不算，一定要有袖子的。”他愈说愈神气，走狗的真面目，完全揭露了。

“难道你们这里没有穿无袖衣服进去的吗?”

“没有”一个短短的回答，自相矛盾了。

“没有？女人不是穿短袖衣服进去的吗?”

“她是女人!”他没有话说了，只得拿这句话来搪塞了事。

“女人？女人尚且能够进去，为什么男人不能进去呢?”潘先生见他没话好讲了，更加上这一句。

“……你跟我们大班[16]那边去说!”潘先生上面一句话把他说得哑口无言，良久，才说到大班那边去说。哈哈！他拿大班来吓人。嘎！中国人，放洋屁，走狗!

他自己是个中国人，可是，他偏要做外国人的走狗。你想可笑不可笑？这一点，也足以显出中国的一切，都在外人的指挥之下。

后来，我们走到黄金大戏院去看，这边并没有怎

南京

样说，很爽快的，就走进去了。虽然这边没有冷气，可是，看起戏来，还比那边舒服呵！

出了戏院，看见许多的车辆。车在上海是多极了！可是，我从来没有看见，坐车有这样奇怪事的。就是电车，分为两等，可是，不是分头、二两等，而是分头等、三等。我起初以为中间还有一段，像火车一样，没有接上，后来，潘先生说是藐视中国人的意思。分头三两等，是说中国人非但不能够坐头等，并且，连第二等都配不上坐，只能坐第三等。其实，头等我们何尝没有坐过呢？不过，加钱就是了。世事的畸形，竟至于此，真怪极。

二十四日

交际博士

上海的世界，真是复杂。在这复杂的社会中，“交际”是一件少不得的事。因为在上海这个社会里，你想交一位朋友，是非常不易的事，你非要一种交际的手段不行。

在今天下午，我们到商务印书馆去，和一位交际博士黄警顽先生相识了。这位先生很和蔼，个子有点儿胖胖地，看去似乎不善于交际的，可是，潘先生说他在去年统计一下，已经认识有二万多人，并且，个个都能叫出名字来。嗄！他的本领真大！我也要学说迷信的人的话了：“我真是个肉眼凡胎，不识灵山净土!”哈哈!

他说话时，声音沙哑，所以，讲话时，我很难听清楚。他看见有人来了，赶忙去和顾客接洽，说得非

商務印書館

常起劲。后来，他送两本书给我。

听方先生说，他每逢朋友向他自己借钱，他便慨然应诺，五块十块，不时地接济人家。这种精神，实在令人佩服。并且，他还有一种精神，是我们望尘莫及的。就是：譬如你向他借十块钱，他因自己身上没有——在常人，自己没有就说我现在没有，可是他不，他当时就满口应诺，约朋友什么时候去拿。而那时，他有没有呢？有！倘没有，于是他向别的先生借，借了十块钱来给你，等他自己有钱时，再还给那位朋友。嗄！他这种高尚的精神，我真要称他一声“超人”了！

二十五日

对于上海大略的观察

上海人，对于衣服一项，非常注意，假如你穿的衣服不漂亮，不论到什么地方，总是招不到人家便宜的，有时反要吃亏。假如你走到一家商店里去，同一以钱交易，可是，他们对付你的一副态度，和对待穿漂亮衣服的顾客，迥然不同。你赔着笑脸，小心翼翼地问他们，然而，他们对你总是大模大样的，半句话不肯多讲。这种情形，我敢说，一般大公司尤甚，尤其是那公司里的女职员。她看你这种装束，总是不放你在眼角上的；有的甚至你很客气地说，她半句话都不听，你的个子，在她眼里好像没有看见似的，对你讲话，好似要降低她自己的高尚的女职员的位置似的。

试想：同一以钱来和她交易，而她对你和对漂亮的顾客，是这样的迥然不同，那其他各方面所赐给你的刺激，就可以想像得到了。因此，一般家境不富裕的人们，也不得不置几套外表很好看的衣服，穿着到街道上去走走。这样，与他穿得不三不四的时候比一比，他们对你的看待，其间的垂白垂青之远距，真有天地之别哩。这般家庭不富裕的人们，这样的挂了一个空招牌，只是因为被现实的环境所逼迫，而不是出自于内心的。假如现在的上海，不是这样的严厉地施行着“只认衣衫不认人”的话，有谁还这样呆，在饭都没得吃的时候还来硬生生的装空场面呢？所以他们的这种虚荣心，也是社会给他们的呵！

某位先生在一篇文章中说道：“……上海的优点，就是一般大都会所有的优点，奇丽壮美，异彩纷呈，足以使人兴奋；它在无形中，给予许多接近它的人们，以强有力的暗示。人生的旅途上，非奋斗不能享乐，要享乐就得奋斗。那些高大的洋房呀，轻快的车辆呀，以及其他一切尊贵的用具，一切欢乐的对象，都似乎是特意陈列在一般人的眼前的奖品，鼓励着人们前进！……”

在他这许多文句中，我对他的意见，有下面几点：

1. 他说上海的一切，都足以令人兴奋。这个虽然是，可是我觉得他老先生，说得太偏向了。这些珍奇的东西，使得他能感到兴奋的，是谁呢？我想是那些有闲阶级，整天吃了饭无事做便妙想天开的，在想着许多的奇想；他愈想愈起劲，于是对一切都起劲，而他的目的并不存在什么创造，而只在于达到他自己得到珍奇东西的目的而已。可是还有一般人，饭都没得吃，在这个有钱才有饭吃的社会里，给他们以很深的打击，而使他们做东，东要钱，做西，西需币，件件受了钱的窘迫而消极。于是看到了上海的高大洋房，轻快的车辆等；因为社会给他们的刺激太厉害了，他们处处不能如愿，由羡慕而恨，恨自己不生长在有钱人的家里。因此他们一天天的消极，一天天的烦闷，一天天因受了经济的重压，而使他们去自杀——服毒药、投黄浦等等，这也可说是受了珍贵品的鼓励使他们前进吗？虽然，在自杀中，有许多不仅是因了这种缘故，不过我拿这一部分人来说就是了。

2. 他说人生的大道上非奋斗不能享乐，要享乐就得奋斗。这是金石之言。不过他在这里，说得很模糊，我不知道他是说在合理的社会中，应该这样呢，抑或是说上海的社会现在就是这样了。假若说上海在现在就是这样的话，那末我又要问了：现在许多有钱人，他整天地在享乐，整天地在逛公园、看电影、找女人、上舞厅、打麻将……他们所谓有益的事业，他们这种享乐，是怎样去奋斗来而享受的呢？难道他们天天往这许多娱乐场钻，就叫做奋斗吗？哦！也许吧？

二十六日
衣

上海的社会，既然多的是时髦人，那末上海时髦衣服的销售，当然也比内地广。内地穿时髦衣服的，是家庭比较富裕的，然而，上海这个社会则不然。在上海，不论你是较穷的，或者是有钱的，总是穿着华丽的衣服。除出那拖车的，和一般无人管着的穷孩子，或穷老婆子及其他实在做不到的中年男妇。可是，有时，连黄包车夫都穿得漂漂亮亮的，头上戴着洁白的草帽，身上穿的是夏天有名的香云纱，脚上是穿了一双丝袜，套上一双操鞋（树胶鞋），很愉快地，满面春风地拖着阔人。我想这位黄包车夫是主人雇来的罢！我还听焕榻[17]说，他那边的杂差，每月薪俸不过八元，可是，每个人都有手表、皮鞋、长褂子。想一想，上海虚荣到什么程度呢？而推求其原因，有下面几点：

第一，上海的环境很繁华，我们的眼睛所看到的地方，几乎没有一处不是穷奢极欲。

第二，一般普通的社会里面的人，这种人，就是所谓中等阶级的人了，这种人的眼界太狭小了，他们(尤其是她们)只怀着一个态度："只认衣衫不认人。"于是，你不得不穿得华美一点了。

第三，上海的社会组织，比内地要复杂得多。内地的人，家境不好，即使穿得很漂亮，也很难瞒得过人们的耳目；而在上海却不然，只要你穿得漂亮举动文雅一点，那即使你穷到没饭吃，除了几个知己的人以外，他们就会以为你是有钱的人。所以，一般人为了要体面，不可不置得一套漂亮衣服，否则，到处都占不到便宜。

第四，有许多人穿了漂亮衣服，是有用意的。即使你自己不愿意穿，可是，你自身以外的环境不允许，一定要你穿，你不这样，便不能得到饭吃。这种人，像妓女等。

第五，上海的青年，富于爱美观念者比较多，于

永安公司

是去逛公园，看电影，找朋友，上舞厅时，不可不穿得阔气些。

二十七日
食

住在上海的人，虽然说吃不关紧要，可是真的要吃起来，到上海来吃却如上天堂了。只要你有钱，随便你要吃什么菜！譬如要吃外国菜的话，坐一辆车子，上西菜馆；吃中国菜，上广东馆子、四川馆子、福建馆子、北京馆子、云南馆子、徽州馆子……都可随你的欢喜；只要你吃了付钱，什么都随你吃，这是多么舒适！你要大吃大嚼的话，上大菜馆，要小吃细饮的话，上小饭店。总之，一切都使你如意就是了，只要你有钱。

除了吃饭以外，其余的一切用具物品，都可以用金钱换得到。因上海虽然不是各种物品的出产地，可是它是全中国唯一大商埠，是各种物品的集合点。如大公司里面的一切金光闪烁的金银器具、精巧的布匹等等，哪一件不能拿到；又如电影院的好片子，哪一家不能看到；更如那跳舞厅中，柔软之裸体舞，哪一点不使你感到满足。可是都要钱，只要你有钱好了。有钱居处在上海，真是天堂生活啊！

你有钱在上海的菜馆里做主顾，那是最舒适不过的了，不论你是在中菜馆或者是在西菜馆。只要你轻轻地叫一声“来！”侍者就远远地回答一声“是”！于是走上来，很恭敬地问你要什么？哈哈！这种威风，就是老子命令儿子，哪里有如此威风？——“钱可通神”，上海这个社会中，更是非要钱不行。只要你有钱，就是蠢得连自己处在什么国都不知道，就是以为汽车的喇叭声是老虎叫，也是不要紧的，哪怕无人拍马屁！哪怕过不着天堂的生活！上海真是天堂呵！

现在我们要把眼光转移到对方去了。

我们不要以为上海真是个什么黄金世界，苦的地方仍多着呢！在面馆门前，我们可以常常看见站着一些人，可怜地捧着一碗面在吃着。这种面是一段段的，而不是一条条的，是那些阔客们吃剩的，及店主预备

馆面××
馆面××

倒掉的。这种东西的味道，当然是很难吃的，可是这些可怜的他们，挨不过肚子的饥饿，也只好是勉强地填肚子了。在大饼摊前，围着人力车夫，坐在脚踏板上吃嚼着，主顾来了，有的把剩下的饼，咬在口上，有的把剩下的饼塞在袋子中，赶忙抢着上去招生意，等那主顾上了别人的车子，他只好很失望地呆呆地瞪着钱给人家抢去了。这种种情形，便会使你感到上海是有钱人的天国，无钱人的地狱。

二十八日
一篇日记

早晨起来，由杨子饭店乘黄包车到办事处，那时候，第一集团军办事处⑱，非常寂静，只有几个听差在揩桌抹地，其余的，都在寻找他的好梦。听焕楣说，这里不到八九点钟，是没有人起来的，就是在八九点钟起来的，还只是一般勤劳的人。呵！这些人的办事能力真不差。

焕楣和他的父亲，也因精神不足，向睡神的怀抱中扑去，只有我一个人，在一间会客室里翻弄着书报。无意间找着了一本书《血弹》，便一口气看完了，这时候，还没有人起来。

一个人，很无聊地踱着，便想走了；匆匆地走上四楼去，想告诉焕楣我要回去，可是，走到四楼回心一想，不好写一张条子给他吗？于是又匆匆地走下二楼来。这时候，钱寒亢先生起来了，我的一个绝好的机会来了，于是请他转告焕楣，我已回去了。

走出办事处，各种车辆已经嘈杂得了不得，辛苦的人们已在劳碌了，然而，居然还有人在寻好梦。

走出汾晋坊，踱到十字街头。怎样好呢？我真不知去向了。这时候的我，很能象征出今日青年的彷徨。

二路电车，向南边直驶去，我赶上了车。上了车后，我向他（售票员）说知去爱文义路，赫德路口，并且说到了站后，请他告诉我一声，他慨然应诺，于是我乘着这笨重而缓慢的电车，向赫德路走去。可是不知道走到什么地方，就说到站了，我只得下车；看看两边的匾额上，写着“善终路”三个字。我非常疑惑，善终路？我明明是要去赫德路，怎么走到善终路来了呢？

像迷途的小羊般，我在四面探望不知从何处去，又不敢装出惊慌的态度，恐怕上了流氓们的当，只好闷在心头，在乱走。忽然又走到地丰路来了。这，又令我更疑惑。最后，给人力车夫敲了一次竹杠，坐人力车回来。

午后一时许，焕楣独自来访我，要我同他到各地去走走。我上午回来，正烦闷的时候，见有人来找我去走，便很迅速地应了他，于是一对初到上海人地生疏的孩子，便在这万人拥挤的街道上走去。

首先到的是先施公司⑲，那边的商业情况，很是惨淡，很少见有人是买东西的。我买了三双袜子，花了四角钱，就出了先施，到新新公司⑳去。新新的商场较狭小，至于商业呢？比先施更为冷淡，差不多职员多过买东西的人——其实里面的人不一定是买东西的，别的我不知道，单我两个人，就不是买东西的了。后来又到三大公司中最著名的永安公司㉑去。永安，的确不愧为中国第一大商店。其商场比先施更宽阔，虽然不能以其门面来确定其生意的大小，然而其内部的情形，确实比先施、新新佳。这三大公司，虽为全中国最大的商店，然而给我的印象，都不十分好。这都是表示出中国商场的惨败。

其次便是逛马路。我们所经过的马路很不少（贵州路，胶州路，云南路，广东路，九江路，福州路，汉口路，西藏路，南京路，爱多亚路，以及许多我们不懂得其名字的路）。到四点半钟回来。整整走了三个钟头。

二十九日

住

不清楚上海内层社会的黑暗的人，总以为住在这许多巍然高耸的洋房充满了的上海，是非常舒适的。

诚然，住在这许多大洋房里的人，谁敢说他不舒适呢？就是有一间小小的洋房来住，也是非常舒适的了。不过上海的洋房虽然是多，而有的是大公司，有的是工厂，有的是营业机关，真正里面能够住人的洋房，是很少的。

巍峨高大洋房最多的地方，要算外滩一带了。那一带的洋房，不但是壮丽美观，并且非常的牢固。南京路，赫赫有名的三大公司，虽然也高大，然而比起它来，还差得远呢！不过在静安寺路和南京路交界的地方，更有一座二十几层楼的洋房。该楼之高，在远东说来，可谓登峰造极，无与伦比的了。

一般阔人们，多数在法租界里面居住，因为法租界比较幽静。虽然法租界的商业，没有英租界发达，然而他那边的幽静，却比英租界要好得多。当夏天炎炎的暑天，在高耸云头的洋房中住着，树阴中发出幽扬的蝉声那种幽美的情景，英租界比得来吗？

阔人们住了洋房，我们是知道了，那相反的一面，住在贫民窟中，和住在矮小的阁楼里的人们种种挨饿的惨状，便会使你知道上海是“地狱天堂”。

三十日
打网球

我住的房间后面，有一所高大的洋房。里面的陈设虽未见过，但是它的外表，却很堂皇富丽。洋房的附近用竹编成的墙，围了起来，无形中是把“洋房重地，闲人免进!”的牌子挂起来了。沿着墙，种了许多树，叶茂枝繁，极为美观。在群树环抱的中间，有一个网球场。当着红日将颓，蝉声喳喳叫的时候，几个黄毛绿眼睛的英国人，遂大打其网球。

在网球场的界外，立着三四个小孩子。我起初很疑惑，为什么他们敢走进去呢？有一次，一只网球打出界外了，那一群小孩子，便争先恐后地去抢，然后将抢得的球，很规矩很严肃地，丢给黄毛绿眼睛的英国人。啊！我才知道他们是替外国人拾球的。虽然拾球不拾球没什么关系，不过我要问，他们为什么要给外国人拾球呢？我们打网球时，有没有叫外国人来拾球呢？

本来当小孩丢球给英国人时，英国人是用网球板子去接的，可是有一次，某小孩因用力太重，把球丢过英国人的身后很远，使他不能用网板子接住，于是那位球接不着的英国人，凶狠狠地走前来，劈头就是个耳光，并且还说了许多话，啰哩啰嗦的怪难听。那小孩给他打了耳光，非但不哭，并且还表示着道歉的样子，向他求宽宥。

我又起了疑惑，为什么他肯给他人打了而不哭？后来听朱先生说，才知道这样拾球是有钱的，一天不知几个铜子。啊！外国人，他是不把中国人看做人的，中国的小孩子为什么这样不值钱？给人家打了，为什么还要向人家赔不是呢？他所以不敢哭的原因，我知道了，这是因为他要保全他每天的收入呀！假如他要哭，那末黄毛绿眼睛的英国人就不要他了。他的收入虽只几个铜子，但是买大饼吃却能过一餐呵！他一哭不是将他的收入抛掉了吗？

唉！中国人为了生活，就在外国人的屈服下，也是无冤可伸呵！

三十一日
闸　北

我们乘了长途汽车，向东南体专走去，不多时已由吕宋路走到江湾路。那狼子野心的日本所遗留下来的残暴，也逐渐地深印在我的眼底。

许多的房屋，现在只剩下一片颓垣废瓦，几十万几十万的同胞，都深深地埋进了这荒凉的黄土。唉！日本的野心，是多么残暴！

一眼望去，唉！惨哉！从前的繁华如今安在？吁嗟乎！可怜同胞葬黄土！我看了这种惨状，不禁触景生情，写出了三首诗：

炮火隆，
枪声嗤，
好梦惊醒已无知。
怎知轰轰声响处，

家庭已破人已死！
吁嗟乎，诸同志！
你今死，为何死？
阴魂当记雪国耻！
……
雷鸣了，
电闪了，
可怜孤魂葬荒郊。
怎知狼心日本鬼，
刀枪底下无相饶！
吁嗟乎，诸同胞！
你今死，为何死？
阴魂踏平蓬莱岛！
……
霞满布，
月上树，
可怜同胞身孤苦。
怎知日奴狼心毒，

一二八夜凶若虎！

吁嗟乎，诸同志！

你今死，为何死？

冤魂填满东京府！

原注：以上三首诗，是我看了闸北江湾一带的惨状写的，第一首是推想一·二八之夜的那番情景，第二首是推想下雨时的那番情景，第三首是推想天晴时的夜里，月色非常之凄凉的黄昏的情景。

八月一日

贫　　穷

在上海这个穷奢极欲的地方，穷人是千万不好做的。假如你穷，便只能在阁楼上住着，在过囹圄似的生活。有的更穷的便在更深夜静万籁无声时，偷偷地瞒着巡捕，而睡在街上，假如你瞒不住他，又使他愤怒，那你便有被鞭挞的可能了，你的身上便有哭丧棒降临了。在阁楼里住的有的时候每月的房租缴不起，那你便有给二房东骂“混蛋”的可能了，有的时候，天寒了，你在街道上睡着，受冷风的吹打，受白雪的凌括，使你多么的难耐呵！

在吃的方面，你穷了，便只能在大饼店面前买几个大饼吃吃；有时候，没有铜子，那你只好连大饼也无份了。在菜市场的卖粥的地方，有那三色饭[22]，送一勺汤的东西；有时你的袋子里“空空如也”，那你也只

好对那三色饭流涎了。你想去讨点东西吧？谁给你！

讲到衣服，更令你难堪。在大公司的镜橱中，在布匹庄的陈列柜中，布满了五光十色的布，一阵阵时髦男女，进去出来；进去的，手里挟着光滑滑的皮夹，里面装着银钱，出来的，手里挟着时髦而美丽的布匹。你有这种能力吗？你能穿的，只是东补一块，西添一条的斑驳的衣服。纵使你走到了大公司门口，你有勇气进去吗？你只能在门口张望，空想罢了。

在行的方面来讲，便很清晰的把上海分成了两个阶级。有钱的人，可以坐黄包车，可以坐汽车，可以坐电车；可是在街头，愁眉紧锁的和黄包车夫，是哪一等人呢？不消说是贫穷者，是一般交不起车资的人。假如你想出门找位朋友而找不着车资，那你只好用你的一双脚去跑了。

唉！真是："朱门酒肉臭，路有饿死人"！穷人真不好做。

二　日

富　裕

在上海穷人既然不好做，那末富人是可以无忧无虑了。可是不然，在上海这个社会里，穷人虽是难做，富人也是不容易做，这怎么讲呢？因为富人之所以称富人者，不外是钱财二字。因为他有钱财，于是一般穷到不能维持生活的人，比较有胆量的，便用武力来对付他，使自己不至饿冻而死。于是穷人和富人遂成了对立的形势。

我们在报纸上，时常可以看见自杀的和被劫的新闻，其中的主使，当然是金钱了。因为金钱而自杀的，我认为是消极的，而为了金钱去抢劫的，却是积极的；为了金钱而自杀的人，他对世界、人生感到苦闷，他对于生存，抱了颓废主义；为了金钱去抢劫的，他对于一切都抱着热烈的希望，他不肯白白的把生命抛弃

掉，他需要生存，他需要糊口，但他没有钱，当然要求助于富人了。不过多数抢劫过的人，劫了人以后，接着便是过他的囹圄生活。

我在《申报》上见了一段抢劫的新闻，内容是说在某月某日，有某路的一家房子，屋主嫌其太大，便行召租。于某日午后，某房东正在整理东西预备出外，忽来三位西装客人，把房东拦住，肆行抢劫，计共抢去东西银币一千多元。

照此而观，上海的富人们，可不也是很难做么？有时更有绑票匪者，手段更凶，将你绑去，恫吓你，要挟你的钱，譬如一万元一千元，或几百元，你非给他不可；否则性命便有危险了。更有写恐吓信者，知道你有钱，写信来吓你，说你不给他钱，他便用相当手段对付你，以上的事，穷人才干得出的，绝对不会有富人来干这种事情的。这些人都是要求生存的。于是整个上海（不但是上海，就是全中国，全世界）都是这样。穷富二阶级成了对立的壁垒。

三　日

电影写真

《渔光曲》[23]，在上海的金城大戏院足足映了五十多天，当我去看时，已经是五十多天了；虽然是映了五十多天，可是人还是非常的拥挤。我起初，见到报上载“已经演了五十多天，观众还是接肩继踵”以为是吹牛，到去看了之后，果然不错：一座戏院，已拥满了近千人，至于楼下的座位，几乎要挂出“楼下客满”的牌子来。至于影片的内容，的确很不错。

一个落雪凝冰的冬天，住在东海边的一家渔民徐福，于某夜其妻生了一女一子。这时候，徐福是多么欢喜；可是他一想及他的将来，责任又重了许多，于是他又忧虑了。这时，有船主何仁斋，迫着要船租，于是这位可怜的徐福，在雪天冰地里，到何仁斋那边去恳求逼迫着要缴的船租延迟一点，可是船主不肯。

漁光曲
欢迎光临
售票处

于是这可怜的徐福，在不能下海的时候，也只得到海上去。受了这恶劣的环境的驱使的他，结果是给惊涛骇浪打淹了；永远地离开人间，离开母亲、妻子，及初生的一女一子了。

家庭里主持人一死，就像军队的主将死了一般，当然是要败下来的，所以徐福一死，徐家便难维持了。为了生存，徐妈不得不去船主何仁斋处做奶妈，抛去了自己的子女，到船主那边去做奶妈。

某夜，正下着倾盆大雨，徐妈的儿子小猴病得很厉害，她的母亲叫她回去一看。她只好暂时离开她的奶子（仁斋之子），回去看看。可是回来后，因给其主母（仁斋之妻）知道了，毒骂一顿。这位可怜的徐妈只好忍受了。

光阴荏苒，匆匆已过了十年，小猫（徐福之女），小猴（徐福之子），子英（何仁斋之子），都已长成了十几岁，可是那位先天不足，后天失调的小猴，变成了一个傻子。子英每当课余，必到河畔去与他俩谈讲，并且将自己（子英）今天所读的书，告诉他们，于是这三位天真活泼的小孩子，遂成为至友。

某晨徐母病笃，已气息奄奄旦夕之人了。子英奔回家去，告诉徐妈，徐妈一时晕了过去，失手打破了何家之古玩物，何仁斋气极，赶她走；于是她只好离开何家，奔回家去。回去后，徐母也就随着离开人间了。唉！一个好好的家庭，这样地弄得七零八落。

八年后，小猫、小猴仍旧到何家的租船上去工作。这时候徐妈的眼睛，已因耐不了辛苦而瞎了，同时子英，因到外国去学渔业，与他姐弟俩分别了。

徐家看看渔业已经不能维持家庭生活，于是决定到上海来找舅舅，找工作。他舅舅是在上海自由舞台靠歌唱为活的，自然不能养活他一家子，于是带他俩去工厂里找工做，可是工厂里也已额满，于是他俩便给舅舅带到自由舞台里去卖唱，一面瞒着那瞎眼的徐妈。

子英学就渔业回来到渔场上去调查，经过自由舞台，那凄凉婉转的渔光曲，便飘进了他的耳朵。给好奇心所引动的子英，走前一看，呵！原来是她！于是他给她一百元钞票，约会而别。

适逢某家银行被劫，在行人拥挤的当儿，舅父中了一粒子弹。小猫姐弟，因有一百元钞票被认为嫌疑犯被捕。是晚舅父从红十字会里跌撞着回来，瞎眼的徐妈，以为他是放工回来，他也只好瞒着这位可怜的姐姐。

他的创口渐渐地剧疼起来，梦呓似地说了许多骇人的话，并且叫口渴，于是徐妈慌了，忙拿着茶摸前来，失手将煤油灯打翻。火！……火烧了起来，把茅屋烧着了，于是这两位可怜的残疾者，在这红光冲天的烈火中，先后消失了踪迹。

小猫姐弟，因正犯已捕，得释放回来。可是回来后，已不见了其舅父和母亲。她俩便成社会上的畸零人了。唉！真是天网恢恢！天有不测风云，人有旦夕祸福！

子英，又因事出渔场，见此惨状，遂劝她俩回到他家里去。这时候，何仁斋的继妻和狡猾的经理梁月波，卷逃了公司里的一切钱，公司里的人说要何仁斋

一人负责；在晚报上梁月波又披露出他的丑史，使他自杀。

两边家散人亡的三个畸零人，仍旧回到船中去工作，可是这个先天失调的小猴，已因精疲力尽，在他姐姐的凄凉的渔光曲下面，离开人世了。

这出戏是完全描写贫苦的人受资产阶级的压迫和榨取的痛苦，天天在吃血虫——资产阶级——的吮吸之下，过着牛马生活，弄到家破人亡的。

四　日

金　融

上海，是中国金融聚集地，差不多所有的金钱，全被吸收了来，于是那些生产力素来就很薄弱的农村，一天天地崩溃了。

我在八月三日的《申报》上看见了两件事情，这两件事情，就是表示上海金融受很大的打击：

一是，丝价狂跌，工厂已在昨天停了三家——上海勉强开工的工厂，有三十三家；自从欧美丝价狂跌后受了很大的亏损。昨天因关门三家，失业的工人，计共一千三百余人。在下星期内，其余的三十家丝厂，都有继续宣告“关门大吉”的趋势。丝商请求政府，每担出口生丝，补助一百元，这样或者有勉强维持的希望；否则前途很堪忧虑。

二是，六个月游戏品进口五十七万——现在正在国难严重之中，可是居然还有人不会忘记游戏；甚至有“救国不忘娱乐”的口号！昨晨，国际贸易局报告，近六个月来，玩具进口五十七万之多，实为国难期中开一新纪录。

以上两种都是表示上海金融受着重大的打击，农村一天天的破产了！“提倡国货”的呼声，高耸云霄，然后这种呼声，只能骗一般不懂世事的人。

工厂，因物价的狂跌，关了门，失业的工人，天天的增加；可是那些资本家还在抽我们的筋，剥我们的皮。唉！将来，我们会永远挨饿，永远受冻，永远睡街道，永远失业呀！我们还不起来？……

五　日

大世界

我们五个人——朱泽甫先生，盛震叔先生，陈轮升先生，朱一民君，我——乘电车，由爱文义路到南京路。下电车后，即步行到大世界去。那时候，各街各店的各色各样的电灯，都燃起来了，“灿烂”！“辉煌”！

大世界是个很有名，给人家游玩的地方；同时也就是妓女聚集处。为什么呢？因为那边妓女之多，比一间妓女馆，不知道要多多少倍。你一进去，就可以看见东一排，西一排，南一排，北一排，横一排，竖一排的，充满了整个大世界。真是“大世界”！哈哈!!

那边的妓女个个都装扮得如花似玉：头发梳得光滑滑地，可以照见影子，唇上点了一大点的红，和红血一样，一对眼睛不住地四转，翻来覆去，装出袅袅

婷婷，妖冶的样子。有的虽然不会装，可是因为背后跟了一个老婆子，听说是叫什么鸨儿㉔，你不会装，也得装。有的装出来，还好看，有的装出来似笑又非笑，似哭又非哭的，很不自然的态度，使人看了要作十日吐。真是“东施效颦”！可是她因受环境的逼迫又不得不装。

我们走到一个演杂技的地方，坐下了，他们都看得出神，独有我看得不高兴。于是我掉头来，看见一个十八九岁的妓女，婀娜地站立着呆望，旁边一个老婆子也站着，她的眼睛有海鸥一般的锐利，向四下看。恰巧有一个老头子，抽着短旱烟管，穿着黑纱长褂子，牛磨面一般的戴着了黑色的眼镜，好像有点儿钱的人，他不时地掉过头来看妓女。我看此人，一定很好色。

那个眼睛锐利，发出炯炯光辉的老婆子，看见了，忙向旁边的妓女一扯，同时用嘴向老头子所站的地方一努，意思是叫她去赚钱，她看见了他，顿时脸上浮露出不高兴的样子，大约是嫌他老；可是老婆子知道他是个有钱的阔客，便用力向她一推，她只好走将前去。我起初很疑惑，我想她走前去，怎么好对他说呢?人生面疏，她有那种面皮去和他开心吗?面皮她是不顾的，可是她怎样找说话之机呢？但你看，她的计谋好极了，当她走前去时，向老头子站的地方一挤，那老头子向她一看，她便开始迷人了。她见他怒目视她时，就揭去了刚才那番面目，换上了一副迷人妖冶的面孔，笑着忙向他道歉。他到底是色中饿鬼，于是与她到旁边的椅子上开心谈笑去了。

我看了这些情形，得了很大的刺激，产生了许多的“为什么”?

她为什么要和他谈心呢?

她很年轻，他的年纪这样老，她为什么要和她自己所不欢喜的人谈心呢?

老婆子，为什么要在她背后跟着呢?

她为什么要用妖冶来迷人呢?

啊！我逐一知道了，以上的许多问题的总原因，都在钱，钱造成了这许多问题。有了钱，他可以和年轻的女人谈心，老婆子为了钱，将她推前去，和她所不高兴的人谈心作乐；她为了钱，将自己的身体给人家蹂躏，给人家作娱乐品。呵！社会是多么的不平等！……

亭子间生活

“亭子间”是一个房间的名字，在灶披间的顶上。我自七月二十五号起，到八月十号止便过着这狭小的“亭子间”的生活。

亭子间约一丈二三尺长，五六尺阔，假如是一两个人住着是绝对无问题的；可是我住的亭子间，有四五个人拥挤地共住着；那种生活，真苦闷极了。

室内的陈设很简单，除了一盏电灯一张短桌子，一张短椅子以外，便是一张铁床，一个地铺。此外再也找不出什么东西来了。

每天早上，照例是七点钟起床，洗过脸后，便去买烧饼吃。烧饼的滋味虽不能算好，但也不能算坏，六个铜板尽够一餐之用了；每天有十八个铜板，也够阔了。因此我又想起来了，上海虽然是一动手就要金钱，可是一天有十八个铜板也就可以过去，这岂不是很好？不过吃过了烧饼和油条后，须要喝口开水，比较可以解去喉咙上那种很难过的味儿。吃过烧饼后，就有三个钟点闲工夫，在这三个钟点内，最适合的工作是写作。我这本小册子写成的主要原因，就是它——三个钟点的闲工夫。

十一点钟了，于是我们都争先恐后地鱼贯而入饭店，因为我们是吃饭票的，饭票一块钱六张，一个人吃一餐要用一张饭票。那边的菜饭不错，不过因为那茶房很讨厌的缘故，我们又换了一家广东馆子。后嫌那里菜少味道又不好，饭票一块钱只有五张，路途又远，跑一趟很费神，于是又弃新而复旧了。

吃过饭后，是一身大汗。回去后，房子又小，人又多，又无电扇，要想洗澡罢，一个屋子里不只是我们几个人，日里洗澡，当然不便，夜里洗澡罢，浴室中又无半点灯火，黑漆漆的一物不辨，当然又是不能洗呀！所以只能在清晨，乘着别家人未起来时去洗；可是因为有时别家人也起得早，那么你又不能洗了。

于是每个人的洗澡，要隔两天，三天，或四天，才能洗一次。脏！当然是脏极了。

自十二点起，到四点半止，虽然有四个半钟头的时间，很空，可是头脑晕胀得了不得，哪里能够做什么东西呢？于是只好睡觉，或写六七分钟的字。

五点钟了，太阳冉冉西坠，我们十二点钟时所填的肚子，又叽咕地嚷着饿了，于是在篱影东斜时，我们又进饭店里去了。晚上要十点多才睡觉。

这一天的工作，在这沉闷的亭子间里，当然比不得那轩敞的汾晋坊，根本上它俩的立脚点就不同呀！

第一次卖文[25]

在二十四号（七月）的上午，我们与陶行知先生会过面后，他就叫我写夜校的经过。

“你把夜校的经过写好，并且写上你对于夜校的意见，及夜校的前途，写出来给我。我看见写得好，就给你登载到报上去，觅点儿稿费来”。陶先生说了一大篇话，“……觅点儿稿费来”这一句话给我的印象很深！

回来后，满抱着热望，一时高兴极了，便将去年寒假里组织的创造生活团的经过写好了。同时又将自己对于现在所谓“提高女权”“提倡女子教育”的意见，发表一通；并依陶先生说的小先生的使命，对小朋友们说了一些话。写好之后，统计一下，有三千字之多。

拿给陶先生后，他从头到尾看了一下，说："好！我替你拿给方与严先生，给你发表在《生活教育》上去"。

我非常欢喜，我想至少两三块钱是可以到手了。

九号（八月）的那天晚上，因受了朱先生的约，到亚洲饭店去，在汽车上碰见了一位姓曹的先生。他将陶先生送给我的《晓庄歌曲集》和七块钱交给我。我接了这七元钱，莫名其妙，又不知这七块钱何用？

到了亚洲饭店后，我以为这七块钱是朱先生的，所以把七块钱钞票交给他，他也不懂得什么用意，哈哈！这钱不知何处来！

第二天（十号）我和一民到陶先生那边去：一方面谢他赠《晓庄歌曲集》给我，一方面是去问那七块钱的用意。后来才知道那七块钱是我那篇稿子的稿费。哈哈，三千多字，有七块钱的稿费，真令我发狂！

这七块钱，是从幼到今赚钱的最多的数目。我欢喜极了，这七块钱是多么的可贵，在我的生命史上，是多么光荣神圣的一页。

七块钱拿到后，买了一本书，连同从山海工学团[26]到上海的车资一共用了一块多钱。在红庙工学团住了七天，这七天中的生命，完全是靠这七块钱维持的。嗄！这七天的生命是多么光荣伟大！我要庆幸，庆幸我这七天的生命。哈！光荣！神圣！伟大！

红庙生活

八月十号的下午，到了红庙工学团，因为庙名叫红庙，所以名工学团曰红庙工学团，里面的陈列，当然是不堪设想的，因为该工学团是没有资金的，地是高低不平，桌子只有四张，课堂、办公室、厨房等等，都充满了面目狰狞的神。这种种的摆设，在一般过不惯这种生活，看不惯这种布置的人，当然感到万分难堪的呵！可是这种生活，也自有逍遥快乐处。

庙的四周都充满了青碧的植物。在四株高大的树上面，还有喳喳的蝉声。早上五点钟起来，在庙的四周走一趟，哈，那种美意才够你留恋呢！晨风挟着鸟声、蝉声吹来，你的四周都充满了新鲜的空气；在太阳将升时，东方天上浮出了霞彩，一轮红日冉冉地升上来了，耀耀的红光四射，珍珠般的露珠上面，也闪着金光，美极了。

接着，便是烧饭，烧饭是照例的，两个人一天，这时候，我便又恢复了学校生活。

那边没有便利的自来水，所以每天早上要由一个人到距离二三里路的山海工学团去挑。用的水是庙前面的渠沟水，这水因为每天有人浇粪弄尿，自然是很脏的，不过我们用滤水缸滤过了才用。

晚上，那边没有电灯，只有很微弱的煤油灯，可是我们用灯火的时候很少，个个人都搬了一张矮凳子，到门口去坐；夜来的风挟着悠扬的笛声，那便是山海工学团附设的中心茶园的笛声。唉！多么凄凉婉转呀！这阵阵的笛声，便又把寄身异地的天涯沦落人的愁思触动了。

九点钟要睡的时候，因为没有床铺，就把庙门脱下来做床板，虽然不及都市里洋房中那末柔软的床铺，可是这种浓厚的田家乐趣，却是都市所不能比的呢。

八月十八号的下午一时，接到十五号由霞飞路焕榻君寄来的信，他叫我把行李——其实有什么行李

呢——搬到汾晋坊内，他住的地方去。后来我虽然到了汾晋坊内住了下来，可是一忆及红庙素淡逍遥的生活时，便又心神恍惚了。

注释：

①朱一民，安徽桐城人，朱泽甫之弟。作者于1934年见过他一次即未再见，据朱泽甫说，其弟一直从事农业工作。

②朱泽甫（1909—1986）安徽桐城人，中共党员。1920年入南京晓庄师范学习，结业后长期参加陶行知的生活教育事业，1933年陶行知推荐潘一尘、程今吾、朱泽甫等人去广东百侯中学工作，朱泽甫担任艺友制师资培训班主任。

③潘一尘，江苏无锡人。1932年，时任第一集团军驻沪办事处主任的杨德昭中将，把拟给父亲七十岁做寿的款全部捐出来复建百侯中学，并请陶行知执教主持侯中。陶行知走不开，就派了他的几个得意门生到大埔，潘一尘任侯中复办后第一任校长。在百侯中学任职之后，曾到过南宁国民基础教育研究院和山东乡村建设研究院任教。抗战初期曾任浙江省云和县县长，云和与龙泉、遂昌共为当时三个进步县。解放战

争时期任江苏省常熟县县长，曾杀过共产党人。解放后任上海市和平中学校长，后被押回常熟予以镇压。

④黄警顽（1894—1979），上海人，著名出版人，交际博士。14岁与陈云等人参加商务印书馆第一届学徒考试，黄被录用后便一直在发行所专做服务工作，有“交际博士”之称。他自称：“我在店里从1913年一直奔走到1946年，前后三十三年，变成一张会说话的活动柜堂，一本没有字的人名大字典，一具商务印书馆的活广告。”黄警顽广交朋友、慷慨助人，早年徐悲鸿从四川到上海谋职，素不相识的黄警顽热情相助，曾让徐悲鸿住在自己家中，并四处为徐介绍工作。1947年应徐悲鸿之邀，去北平工作。徐悲鸿于1953年去世后，黄留在了中央美术学院从事工会工作。在1957年黄警顽被错划成了“右派”，被迫退职回到上海。全家人挤在一间12平方米的房里，他无处容身,只得睡在公用过道上。1978年，中央美院纠正了他的“右派”错案,并由全国政协恢复了他的经济补贴和分给他一套住房。一年后，黄警顽因病去世。

⑤大宗，百侯杨氏祖祠，现为百侯小学所在地。

⑥杨兆京，百侯中学第一届学生。1935年与作者等八人赴广西，当南宁国民基础教育研究院工读生，并在广西加入中共，回广东后长期从事音乐教育工作。

⑦杨禄生，百侯中学教员。

⑧张伟烈（威烈）（1911—2006），广东饶平人，中国共产党的优秀党员，优秀的外交战士，外交部原驻外大使。1928年2月加入共青团，1937年1月加入中共。历任江西抗日义勇军剧团队长，新四军服务团组织股长、团代表，皖南特委巡视员，铜陵中心区委书记、县委书记，皖南特委委员、宣传部部长、组织部部长、铜繁行政办事处主任。抗战胜利后，任新四军第七师、山东野战军第四纵队政治部组织部副部长，胶东军区政治部组织部副部长、部长，西海军分区政治部主任、副政委、地委委员，华东警备第五旅副政委、烟台市委委员等职。新中国成立后，先后任广西宜山地委、钦州地委书记、军分区政委，桂北区党委

委员，广东省海南岛区党委书记、省委委员，驻苏联大使馆参赞、党委副书记，驻伊拉克大使、摩洛哥大使、蒙古大使、泰国大使，广东省人大常委会副主任等职。1985年3月离休后，曾担任中蒙、中泰友好协会会长。2006年4月25日在北京逝世，享年95岁。

⑨杨燕明，百侯中学教员。

⑩池屋贯，百侯侯南西部村落。

⑪论房，指家族的分支，有长房、细房、堂房、远房等。

⑫高陂，位于大埔县南部，地处韩江中游，是大埔县地域面积最大的镇（2003年和2004年乡镇合并，古埜镇和平原镇先后并入高陂镇），也是广东省确定的首批重点建设中心镇和陶瓷专业镇。

⑬水客，这个名称源自水货。从前一些海员（船员）常常带上一些自己的私货或代他人私自带上少量物件,到外埠出售赚点外快。这里主要是指那些利用船只贩卖货物的人。

⑭这首词的词牌是“浪淘沙”。

⑮淞沪战争，又称一·二八事变。1932年于中国上海发生，是日本军国主义于1931年九·一八事变后，由北向南入侵中国的一次重大事件。日本侵略军由租界向闸北一带发起进攻，驻守上海的十九路军奋起反抗，开始了长达一个多月的淞沪抗战。由于国民党政府坚持不抵抗政策，破坏淞沪抗战，十九路军被迫撤离上海。在英美法等国调停下，国民党政府和日本签订了卖国的《淞沪停战协定》。

⑯ 旧时称洋行的经理为大班。

⑰杨焕楣即杨震（1921—1997），百侯中学第一届学生，后到上海求学并参加抗日救亡运动，1937年奔赴延安参加中国共产党。1939—1946年在新四军工作，转战于豫鄂冀地区，后随新四军五师中原突围到东北。解放后回到广东工作，曾任中南局计委副主任、广东省计委主任。

⑱陈济棠率领的粤军为国民政府第一集团军，在南京、上海均设有办事处，杨德昭为主任，杨震（焕楣）父亲曾在该办事处工作。

⑲先施公司是香港第一间华资百货公司，1900 年 1 月 8 日，由在澳大利亚开果栏致富的香山（今广东中山）籍华侨马应彪创办。是香港早年规模最大的百货公司，亦为香港零售业推出多项创举。先施的名字取自四书《中庸》篇“先施以诚”。上海先施公司 1917 年建成，由德和洋行设计。沿街为骑楼式券外廊与街道相通，屋顶设有屋顶花园、茶座。大楼转角处立面有一个三层塔楼，其平面由下而上逐层收小且由方变圆，以塔司干式柱支撑。建筑外貌腰线突出，具有文艺复兴风格，局部有巴洛克式装饰。大楼是民族资本创办的上海早期商业楼之一，其塔楼形象是南京路商业街景观标志之一。现为上海时装股份有限公司。

⑳新新公司于 1926 年 1 月 23 日由李煜堂和李敏周创办，李敏周取“日新又新”之意而命名。当时的上海人已经习惯了大型百货公司的经营模式，因此如在经营策略上若无创新之处，实难与先施、永安抗衡。于是李氏借用广播媒体的力量，设置一四壁皆为玻璃墙的“玻璃电台”于六楼。该座由邝赞先生建造之

"无线电话台"在1927年3月19日正式开播，成为第一座由中国人自设的播音电台。其主要任务为转播屋顶花园的游艺节目、播放唱片、转播戏曲以及介绍新新公司经售的各类商品。"玻璃电台"不但使购物顾客能够观看播音情况，满足好奇心，更可大力为新新公司和商品大作广告。同时该公司首创在百货公司内开设理发厅，以及夏季冷气开放，科技、技术理性的"魔力"吸引了众多喜欢新奇的上海人前来，亦附设旅馆和储蓄保险业务，终使三大公司于南京路上形成三强鼎立的局面。后来大新百货创立，形成四大华资公司。

㉑永安公司是中国近代最大的百货公司，商业老字号之一。由大洋洲华侨郭乐等人创办。著名相声表演艺术家马季先生曾在此做过工，初设于澳大利亚悉尼，称永安果栏。1907年在香港设永安公司。1918年上海永安公司开业，确立以经营环球百货为主的经营方针，并附设旅馆、酒楼、茶室、游乐场及银业部。后陆续在英、美、日等国设办庄采办百货，组织土特

产出口。至30年代，永安公司跃居上海四大公司（先施、永安、新新、大新）之首，在中国和世界享有良好声誉。永安公司在管理上重视进货和资本积累，讲究经营和服务，以“顾客永远是对的”为信条，并重视销售国货。永安百货公司与永安纺织印染公司等共同构成永安资本集团。1956年永安百货公司公私合营，1966年实行国营，1969年改名上海第十百货商店。1988年在改革中，引进先进技术和设备，对商场进行全面改建和装修，同时更名为上海华联商厦。

㉒酒楼将客人吃剩的饭菜一锅煮熟，再卖给穷人吃，俗称“三色饭”。

㉓《渔光曲》是中国电影1930年代的代表作品之一，首映于1934年6月14日，是第一部在国际电影节上获奖的中国故事影片。以该片为代表的中国早期左翼电影关注社会底层，将他们凄惨的生活艺术化地展现在世人面前。作为中国最早的有声影片之一，《渔光曲》上映后颇受欢迎，曾经创造了连续放映84天的纪录，该片同名主题曲也成为传唱大街小巷的流

行歌曲。

㉔旧指开设妓院，操纵妓女的女人。

㉕这篇文章的题目是“百侯自动夜校”，发表在1934年9月1日《生活教育》杂志上。

㉖陶行知于1932年10月1日，在上海宝山大场附近创办的一种新型的教育形式。工学团三个字的含义是：“工以养生，学以明生，团以保生。”山海工学团首创“小先生制”，开展“即知即传”的普及教育运动，影响遍及全国及东南亚。1933年，上海共产党中央局被破坏后，陶氏作为非党共产主义者的代表之一，积极宣传共产党的主张和共产主义世界观。时任山海工学团团长的张劲夫就是一位共产党员，抗日战争爆发后，山海工学团被迫停办。

附：

百侯自动夜校

初　生

在天气是异常寒冷的那时候，大部分的夜校，都已放寒假了，虽然也还有夜校在继续着，但，已“寥若晨星”。

我们组织了一个团体，叫作寒假创造生活团，团员有九个。我们的宗旨，是在寒假中，仍旧继续讨论，研究各种功课，这时候，我们都憧憬着这个团体开始后的融融乐趣。在一月二十三号的那天清晨，我们的团体开始履行我们的计划。六点钟的样子，我们开了一个成立大会，讨论这假期中生活的事情。

“我提议办民众夜校，理由是：现在他们各学校多已放假，学生的读书，不能继续，我们要办夜校，不是要在先生命令之下去办的；况且，现在学生正多的时候，是不愁无学生的。至于详细办法，请大家讨论。”怀文君，这样的提议，说时，还挥出了两只强有力的拳头。

“附议！”“赞成！”“好！”我们都不约而同的，从各人的口中，吐出了各种附和的话，我们的真诚流露了。

“现在来讨论办法。”主席普运君，这样的说了后，大家都沉默些时候。

现在，我们个个人都穷得不得了，办夜校，灯油至少需要的，灯也至少要一盏，可是，哪里来呢？于是，这个大难题来了，假如你叫学生自己拿出油来，他们（尤其是她们）哪里肯呢？他们竟致不来的了。因为从前他们在夜校里（就是在这寒假以前我们所办的），有光亮的灯，只要他们来好了。现在，要他们出油，当然是不肯了。

在议论纷纷之际，有提议叫学生出钱者，有提议我们做先生的自己出钱者，有提议我们到外面去募捐者，在诸议论中，终不如第三个办法好，于是，我们决定：到外面去募捐，向外面热心的人士募捐。

可是，难题又来了，向谁去募捐呢？现在经济恐慌的时候，谁肯捐钱给你呢？假如向人家募捐的时候，人家不肯，这种难受的事情，谁肯担当呢？因为，我们个个人都很要面子的，穷虽穷，而志气却很高傲的。

“我想大家一起出去，把我们的宗旨说给他们听，他们纵使铁石心肠，看见我们八九个人围着，一个铜板，大概总肯给吧？真的我们不如一个叫花子？至于谁去向他们募捐，我想这个不必计较，我相信我们到了那人面前，总不致两目向他瞪着，一个个都发呆吧！”我这样的说了之后，大家都认为不错，于是我们的志愿，有达到的可能了。散会后，大家都各自回去吃早饭，预备早饭之后，到各方面去募捐。

募　捐

一个个怀着宏大希望的团员，都到了钟屋集合。这钟屋，就是我们研究的所在，也就是我们将来的夜校的共同生活，共同长进的集合场所。

最初，到公安局去募捐，公安局长杨先生，慨然应诺，捐助毫洋一元。区公所也捐助毫洋一元，高陂到百侯的公路办事处，也仿以上两处的样子，捐毫洋一元。这样一来，把我们的勇气，鼓涨了百倍，我们真兴奋极了，连忙向他们三位行了一个九十度的鞠躬礼。

这一下，更增加我们的热血。于是，在这寒风凛冽中，我们又向街道上走去了。我们的热血，在寒风中沸起了，我们兴奋，我们热烈，我们这一颗红红的心，要拿来贡献给社会。

在公安局的时候，是我同玉树二人进去的，其余的，都在外面等着，不敢进去。我看了这种情形，以为在各店铺里，一定也会没有人进去了，可是，出乎我意料之外，当我们走向我们要向他募捐的人士面前的时候，个个都争先恐后的，把怎样发起，怎样计划等等，都争先地说起来了，这真不出我在会议中，提议时的预料。

我们去募捐很顺利：不是六毛，就是四毛；不是四毛，就是两毛；至少是一毛。嗄！我们的志愿达到了，一个上午，共募得了八十几毛，真是顺利极了。

下午，我们到保华寺去向尼姑募捐，这一来，大家都要笑我们的迂了。怎么到庵堂里去向尼姑募捐呢？她们不是还要来向我们募捐吗？她们哪里肯捐呢？这倒是怪事！可是，我们不作这样想，她们既然能向我们募捐，为什么我们不能向她们募捐呢？况且，我们募捐到的钱，不是像她们，落向自己的荷包里去；而是拿来供给大家，对大家有贡献的。

在保华寺也很顺利，她看见我们去，很快的，拿出半元来，并且说："这是我对大家的一点诚心。"于是我们欢喜得疯狂似的。

回去后，就买了一箱煤油，买了一盒粉笔，在玉诚君家里，借了一盏幽黯小光的煤油灯。是晚，就在钟屋举行开学典礼。

开　学

会场很狭小。可是，因为报名单上有三四十个人，也就放了十六张桌子；于是行走的路就很窄了。至于会场的布置，很简单，除了墙壁上挂了一块黑板，上面写了开会顺序外，黑板顶上挂有一张从前先生送给我们的孙中山先生的遗像，像的两旁，挂了我们自己做的党国旗，除此以外，便再也找不出什么东西来。一盏不大光亮的煤油灯，放出光来有些黯淡阴森。

学生们听见说夜校是用煤油灯，有许多就不大高兴，所以，这天晚上只来了二十个人左右。然而，我们做小先生的，个个脸上都堆满了笑容，没有一个不显出高兴。

在开会之前，即请了程洁声①先生来参加和指导，所以开会时，先请程先生谈话。他很慷慨，很激昂地说了许多的话，我还记得他说了这句话：“……他们那些学校，生活室是高大的洋房，灯火是光亮的汽油灯；至于我们的生活室呢，是高低不平的地，我们的灯火是黯淡无光的。可是，我们不要灰心。我们要晓得，我们的光明，是从这个黯淡的灯火下面发扬出来的……”他这许多话，又和着他那种洪亮的声音，真是令人听了兴奋欲狂。

学生得的印象很好。所以，第二天正式上课时，来的学生比昨晚多了许多个。

在开学典礼以前（我们去募捐的时候），他们（我们的敌人）对我们是讥笑。那种不堪入耳的讽刺，真难听极了。他们讥笑我们说：“要出风头，看你们怎样去出呢？”“要捐钱，看你们到哪里去捐呢？人们会给你们一个屁。”“当你们失败后，那种难过，你们能忍受吗？”等等。可是，我们都不去理睬他们，他们要骂，尽管去骂，我们只顾埋头做我们的事，将来做出一点成绩给他们看。

当我们募捐回来，将那捐助的人名及店号，用红纸写了，贴出去之后，那种讥笑声，是渐渐地少了下去。直到我们上课后，那种讽刺，是隐形匿迹了，我们是得到了胜利。

夜校之重要

诸位：现在我们口里，不是常常在叫着：“提倡女子教育！”“提高女权！”吗？但是，女子教育，究竟实行到什么地步？女权提高到什么程度呢？我想大家的心目中，都已有了数目。现在，据我个人的意思，来说一下吧！

“提倡女子教育”这个问题，实行是实行了。现在的学校里，哪一校没有女生呢？并且，还有什么女子中学，女子高等师范的设立，这不是表现出女子教育，已经实行了吗？是，的确是实行了。可是，我们回头一想，能够进这学校的，是谁呢？我想，大家都不敢否认是一般资产阶级的小姐们，才能进的。虽然她们一小部分的人能进去了，可是，还有一大部分的女子，还在旧礼教的压迫和榨取下，过着牛马般的生活呢。这时候，一般能够进这建筑在金钱上面的学校的女子，便说了：“哼！我们要提高女权呀！”等到她们进了学校之后，于是，她们的女权提高了。这种权是谁给她们的呢？呵！是少爷们给她的。少爷们，为着要向她求爱，她们便装出妖冶的姿态，向他们一努嘴。她是多么高贵，多么高尚？男子要向她拍马屁，捧大脚，尚且还要遭她们的藐视。女权有多么大？女权就是这样提高的。

可是，乡间和都市里，一般劳苦的不能进学校的妇女们，是被摒弃在教育圈外的。这时候，能解放她们的是什么？唯有教她们识字。现在男人所以会比女人高尚的，所以会在男女间占有优越位置的是什么呢？就是因为他识了几个字，他便可用字做法宝来欺辱她们。

可是，一说到读书，问题又来了。她们到哪里去读书呢？现在的学校，哪一所，不是建筑在金钱上面？

学费，每年几十，杂费，每年几元。这贫穷的她们，一家子的糊口，尚且发生了许多问题，哪里能够负担这种重大的费用？这样看来，她们就只好永远地在旧礼教压迫之下辗转了！永远地不能脱离那久羁的枷锁，永远不能除去无期的桎梏了。

那末，你会说："办夜校呀！"是，这是不错的。日里的书，不能让她们读，夜间的书，总该让她们去读了。可是，还不行。现代的父母，为了要保持她自己管牢媳妇，约束女儿的权限起见，唯一的办法，就是不准她的女儿媳妇去读书。假若读了书，对自己的丈夫家庭，不满意的时候，那末一定会起反抗，为人父母的岂不是白白地花费了自己的血汗和养育之恩。这是他反对女儿们（尤其是媳妇，反对得更其厉害）去读书的第一点。

第二点，因为教书的多半是青年的男子，于是，为父母的，又恐慌起来了。恐怕自己的女儿媳妇，在学校里，和教书先生要是发生什么爱情，那不就会败坏家庭名誉、耻辱父母了？

这一点，究竟有办法否？有的。只有我们小孩子能把这责任负了起来。我们要尽量地去负担这个重大的责任。我们要仿效着战国时的苏秦，用三寸不烂的舌头，如水打沙堆一般地说通。至于第二点，那更容易了。因为，现代一般父母，所以不肯女儿媳妇们去读书的缘故，是恐怕和教书先生发生爱情，假如我们小孩子去教她们，这一个嫌疑总会免去了。这两点都可以解决了。小孩子的责任，比什么人都还重大，小孩子办夜校是何等重要啊！

认清敌人

各位小朋友！我们的责任是什么？我想，你总该知道的。我们的责任，比任何人都还要重大呵！现在，我们的敌人，就是那些顽固的人，那些可以给女儿媳妇们进学校而不肯的父母。他们阻碍社会的进化，他们是社会进化的劲敌。我们既然要做个先进的人，那末，我们就得负起了这种重大的使命，向着他们进攻，尽我们的力量去做。要知道，那些可怜的她们（不能进学校的女人），除了我们努力去做之外，便再也没有解放的希望了。亲爱的朋友，你可以看着她们，受牛马般的待遇?

我们的前途，是有希望的，我们要在茫茫苦海中和她们一起渡过那边岸上去。好朋友！来吧，来吧，来共同努力负起这一个新使命!

一九三四，八，七旅行于上海亭子间

①程洁声即程今吾，是陶行知提倡大众化教育的热情宣传者和实践者。他于南京晓庄师范毕业后，被陶行知推荐到广东百侯中学任班主任。抗战爆发后他加入中国共产党，积极参加抗日救亡运动。并协助陶行知在重庆创办和主持育才学校。1944 年到达延安，担任八路军干部子弟学校校长，新中国成立后在教育部、中宣部工作，后任北京师范大学党委书记，“文革”中被迫害致死。

后　　记

这本小册子是五十六年前我第一次赴上海时的日记，是在临回广东时坐在亭子间旁一座木楼梯转角处抄成，来不及再看一遍就送给陶行知先生的。当时我在大埔百侯中学读初中二年级，年龄未满十三周岁，正在启蒙阶段，年龄的幼稚当然也反映了认识上的幼稚，因为时间紧，有些句子还不大通顺，现在看来是可笑的。但是，解放前居然再版了十二次，并曾一度被列为“禁书”，大概是有点“初生牛犊不怕虎”的味道。

没有想到，十年内乱期间这书又成了我的“罪状”，证明我是“反共教育家陶行知的徒子徒孙”。被毛泽东同志称为“伟大的人民教育家”的陶行知忽然成了“反共教育家”，有书为证，我这个“徒子徒孙”

还能跑得了么？于是大字报满街飞，也引起许多同志和朋友的关注。特此说明。

杨应彬

一九九零年端午节